Analyse de l'œuvre

Par Lucile Lhoste

Pensées pour moi-même

Marc Aurèle

lePetitLittéraire.fr

Analyse de l'œuvre

Par Lucile Lhoste

Pensées pour moi-même

Marc Aurèle

Rendez-vous sur lepetitlitteraire.fr et découvrez :

Plus de 1200 analyses
Claires et synthétiques
Téléchargeables en 30 secondes
À imprimer chez soi

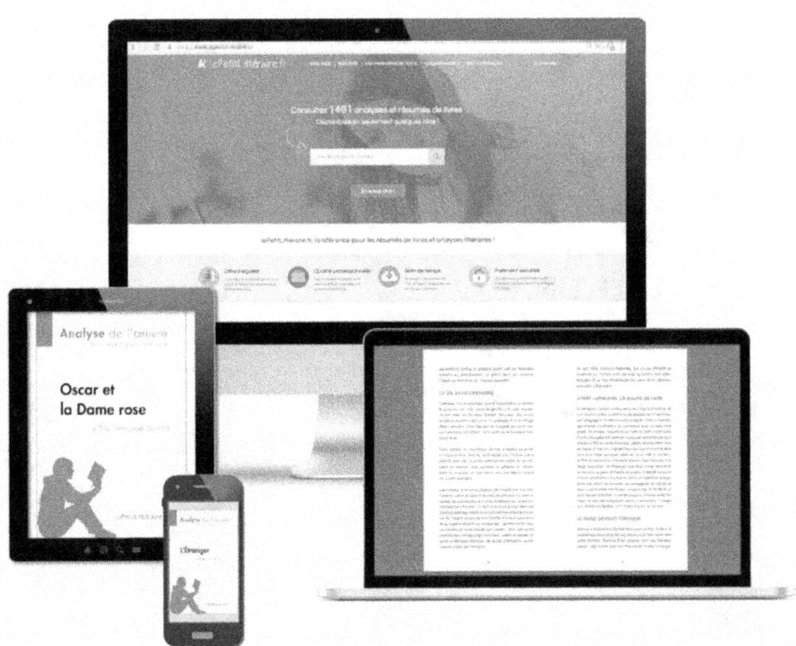

PENSÉES POUR MOI-MÊME   5

Les réflexions d'un empereur philosophe   5

MARC AURÈLE   7

Empereur, philosophe et écrivain romain   7

RÉSUMÉ   9

La vie, la mort et la raison   9

Le déterminisme et la sagesse   10

Les interactions avec autrui   11

ÉCLAIRAGES   14

La fin des « cinq bons empereurs »   14

La littérature du iie siècle   16

CLÉS DE LECTURE   19

Les fragments   19

La conservation et l'organisation des Pensées   21

Le stoïcisme tardif ou « stoïcisme impérial »   25

PISTES DE RÉFLEXION   28

Quelques questions pour approfondir sa réflexion…   28

POUR ALLER PLUS LOIN   30

Édition de référence   30

Études de référence   30

Sources complémentaires   30

PENSÉES POUR MOI-MÊME

LES RÉFLEXIONS D'UN EMPEREUR PHILOSOPHE

- **Genre :** journal
- **Édition de référence :** *Pensées pour moi-même*, traduit du grec ancien par Mario Meunier, Paris, Flammarion, GF, 1992, 224 p.
- **1ʳᵉ édition :** 1964
- **Thématiques :** philosophie, réflexion, aphorismes, morale, devoir, nature.

Les réflexions personnelles de l'empereur Marc Aurèle, écrites pendant les dix dernières années de sa vie, constituent les douze subdivisions en livres de *Pensées pour moi-même*, aussi abrégé en *Pensées*. L'empereur s'y adresse à lui-même, fait le bilan de ses actions et expose diverses lignes de conduite que chaque être humain, selon lui, se doit de suivre. Il commence par y dresser la liste des traits qu'il a hérités de ses aïeux, de sa famille et de ses pairs, avant de développer nombre d'idées liées au stoïcisme : ne pas céder aveuglément à la tentation, utiliser sa raison pour comprendre le monde et agir selon sa nature, et traiter l'autre de manière équitable en évitant de recourir à la violence.

Lui-même influencé par la philosophie d'Epictète (philosophe stoïcien grec, 50-125 ou 130 apr. J.-C.), Marc Aurèle préfigure ce que sera des siècles plus tard la psychologie cognitive, c'est-à-dire que la vision que l'on a de la réalité est éclairée par le jugement que l'on porte sur elle. Les *Pensées* expriment une vision des évènements où ce qui nous arrive venant de quelque chose ou quelqu'un d'extérieur à nous ne devrait pas être une source de trouble, et donc qu'il appartient à l'individu de travailler sur l'importance qu'il leur donne. Une grande importance est également donnée à l'acceptation de l'œuvre de la nature, autrement dit au destin, car il est inévitable y compris dans la mort, qui n'est pour Marc Aurèle qu'une autre action naturelle à laquelle chacun doit avoir l'intelligence de s'adapter.

MARC AURÈLE

EMPEREUR, PHILOSOPHE ET ÉCRIVAIN ROMAIN

- **Né le 26 avril 121 apr. J.-C. à Rome**
- **Décédé le 17 mars 180 apr. J.-C. à Sirmium ou Vindobona**

Dernier représentant des « cinq bons empereurs », Marc Aurèle nait en 121 apr. J.-C. d'un père préteur, Marcus Annius Verus, et d'une mère héritière noble, Domitia Lucilla. Son père meurt alors qu'il est encore enfant et sa mère obtient qu'il soit éduqué à domicile par des précepteurs. Dès cette époque, Marc Aurèle manifeste une prédisposition marquée pour la philosophie stoïcienne, encouragée en particulier par le rhéteur Cornélius Fronton (entre 95 et 100-entre 166 et 170). Parallèlement à son éducation se joue son destin politique. Alors qu'il est adolescent, l'empereur Hadrien (76-138) décède après avoir adopté Antonin le Pieux (86-161) à la condition que ce dernier adopte à son tour Marc Aurèle et Lucius Verus (130-169). Antonin décide d'éliminer le second de la succession, mais lorsqu'il meurt après 22 ans de règne, Marc Aurèle désire prendre ses fonctions d'empereur à égalité avec son frère adoptif.

Alors que les décennies précédentes étaient pacifiques, le règne de Marc Aurèle est marqué par de nombreuses guerres sur plusieurs fronts, contraignant l'empereur à passer beaucoup de temps hors de Rome. C'est pendant cette période qu'il commence à consigner ses pensées, qui dénotent une personnalité portée à ne jamais se défaire de sa raison et à éviter le conflit autant que possible par la discussion. En 180, toujours sur un front de guerre, il tombe malade et désigne son fils Commode (161-192) comme successeur. La mort de Marc Aurèle marque la fin d'un âge d'or tant sur le plan économique que spirituel, son fils étant passé à la postérité comme un empereur cruel et sanguinaire.

RÉSUMÉ

Les *Pensées pour moi-même* de Marc-Aurèle sont réparties en 12 livres, chacun contenant plusieurs dizaines de fragments des pensées de l'auteur. Il n'y a pas de réel fil conducteur, plutôt des thématiques qui se retrouvent d'un livre à l'autre, plus rarement au sein d'un seul.

LA VIE, LA MORT ET LA RAISON

La vie et la mort sont considérées par les stoïciens comme des actions naturelles, nécessaires à l'ordre de la nature. La première est celle qui nous donne la possibilité de disposer d'un corps et de penser par la raison, la deuxième une possibilité qui peut advenir n'importe quand et pousse par conséquent à agir dans l'intérêt du sens commun et de la nature. La mort fait partie des thèmes qui reviennent dans tous les livres, à l'exception peut-être du premier, et pour cause : loin d'être à craindre, elle doit être un bien qui aide à vivre l'instant et à se montrer vertueux, puisqu'elle empêche de continuer toute activité de cette sorte.

La philosophie de Marc Aurèle peut donner à penser que l'homme ne se définit que par sa raison, mais ce n'est pas le cas. Il dispose bien sûr d'un corps et d'un souffle, qui ne sont cependant que des éléments contingents puisqu'ils ne définissent pas la nature de l'homme. Si la raison ne définit pas l'homme, elle est par contre sa seule faculté cognitive primordiale parce que tous les choix et les jugements d'un individu, bons ou mauvais, passent par un examen de la raison. Cette dernière semble orienter vers des actions pointant dans la même direction – acceptation de l'autre, nécessité des actions naturelles, comportements intrinsèquement liés à la vertu – mais n'est pas totalement fixe. Elle évolue au fil des évènements, des rencontres, de la confrontation avec les choses et les gens. De nombreux fragments attestent de l'utilisation que l'individu peut faire de la raison, et comment elle est amenée à évoluer au fil de ce qu'elle est amenée à juger. Apprendre à reconstruire pour représenter le réel, faire montre de raison en respectant les principes de la nature universelle et de notre nature, ainsi l'individu stoïcien doit-il agir pour espérer la sérénité et l'équilibre dans son rapport au monde.

LE DÉTERMINISME ET LA SAGESSE

La Raison universelle induit un enchainement des évènements et des actions qui arriveront nécessairement selon le plan de la nature. Mais l'homme ne peut agir que sur ce qui peut être infléchi par sa propre raison. Une série de fragments, dans chaque livre, indique que l'homme ne peut subir que ce qui ne dépend pas de lui, car il peut raisonner sur le reste (« Il n'arrive à personne rien qu'il ne soit naturellement à même de supporter » [livre V, fragment 18, p. 78]). Il ne peut donc agir et penser que sur ce qui dépend de lui, et laisser de côté ce qui ne dépend pas de lui.

L'individu ne peut éviter tout évènement : en réalité, son destin est déterminé et ce qui lui arrive doit forcément arriver. Tout ce qu'il peut faire, c'est faire fi des obstacles en les décomposant, en les représentant et en étudiant comment il peut les surmonter. Pour Marc Aurèle, même si l'homme connait des échecs, ils s'inscrivent dans un ordre précis. À ce titre, tout ce qu'il possède d'extérieur à lui-même ne le protège pas des troubles ; en revanche, il peut se réfugier en son for(t) intérieur et trouver un équilibre intérieur qui lui permette de résister aux vagues de la vie. Le fragment 12 du livre III exprime l'idée que si l'homme vit, fait et pense « en obéissant à la droite raison » (p. 53), alors seulement il vivra heureux, puisqu'il aura atteint une sagesse qui le protège des malheurs. Il n'évitera pas les obstacles, mais pourra ainsi se donner des armes pour les surmonter en tant qu'ils font partie intégrante de ce que la nature a décidé pour lui. Il ne peut en tout cas se pré-valoir de la prétention de guider un autre dans cette voie tant qu'il n'a pas cultivé lui-même cet art de vivre : « Dans l'art de l'écriture et de la lecture, tu ne peux enseigner avant d'avoir appris. Il en est de même, à plus forte raison, de l'art de la vie » (livre XI, fragment 29, p. 165).

LES INTERACTIONS AVEC AUTRUI

Marc Aurèle se sent éminemment redevable à ses ancêtres quant à ce qu'il a appris auprès d'eux, ou bien de leur souvenir – comme dans le cas de son père. C'est pourquoi il dresse le bilan de tout ce qu'il a appris d'eux, sans forcé-ment s'approprier ces qualités et ces comportements bien qu'il espère atteindre la sagesse de ses ancêtres. Selon ses pensées, le sage doit développer l'art de coexister avec autrui. Les méchants commettront nécessairement des méchancetés, mais le sage par la raison peut au moins tenter de leur faire comprendre en quoi ils sont en tort, tout comme il peut les orienter vers les choses qui sont dignes d'intérêt. L'indulgence est un maitre-mot : quoi que l'autre puisse commettre de mauvais, c'est sa raison défaillante qui le contraint à agir ainsi, et il ne faut pas lui en tenir rigueur. L'homme fait de toute manière partie d'un Tout, comme ses contemporains. À partir de là, il est invité à ne pas s'attarder sur leurs défauts et leurs erreurs, car cela lui porterait plus atteinte qu'à eux. En atteste le fragment 30 du livre X : « Lorsque tu es offensé par une faute d'autrui, fais retour aussitôt sur toi-même et vois si tu n'as pas à ton actif quelque faute semblable [...] » (p. 149). Quand l'homme constate qu'autrui a commis une erreur, n'en a-t-il peut-être pas lui-même commis une semblable ? Doit-il vraiment se donner la peine d'en éprouver douleur ou colère ?

Le fragment 22 du livre VII est un condensé de la philosophie de Marc Aurèle sur la vie en société :

> « Le propre de l'homme est d'aimer même ceux qui l'offensent. Le moyen d'y parvenir est de te représenter qu'ils sont tes parents ; qu'ils pèchent par ignorance et involontairement ; que, sous peu, les uns et les autres vous serez morts ; et, avant tout, qu'on ne t'a causé aucun dommage, car on n'a pas rendu ton principe directeur pire qu'il n'était avant. » (p. 103)

L'autre est homme au même titre que soi : il faut donc pouvoir lui pardonner ses errances et considérer que, quelle que soit sa faute, notre propre capacité rationnelle n'en est pas altérée. En réalité, il n'a pas même l'apanage de l'erreur. En tant qu'homme, nous aussi sommes capables de commettre des erreurs et l'autre, pourvu qu'il y applique sa raison, peut enseigner comment revenir sur la bonne voie tout comme nous avons la capacité de le faire. Enseigner la raison est une chose, mais pouvoir l'écouter est tout aussi primordial pour accéder à la voie de la sagesse intérieure prônée par Marc Aurèle.

ÉCLAIRAGES

LA FIN DES « CINQ BONS EMPEREURS »

Marc Aurèle est le dernier de la dynastie des Antonins, aussi connue sous le nom historique de « cinq bons empereurs » initié par Machiavel (humaniste italien, 1469-1527). Elle est composée de Nerva (30-98), Trajan (53-117), Hadrien, Antonin le Pieux – auquel cette génération doit son nom en raison de l'exemple que constitue son règne –, et Marc Aurèle – qui partagera sa place de sa propre initiative avec Lucius Verus. Étonnamment, aucun d'entre eux n'est lié par un lien génétique père-fils : la succession se fait via des adoptions successives puisque, jusqu'à Marc Aurèle, aucun des empereurs précités n'a eu de fils lui ayant survécu. Cela aura aussi permis à chacun d'eux de désigner son successeur en fonction de ses mérites et de sa sagesse plutôt que pour des questions de filiation.

Dans les débuts de la dynastie, l'empire est déjà en voie de restauration sous la responsabilité d'hommes sages, grâce aux actions entreprises par les empereurs précédents. Il continue son évolution sur plusieurs plans – économique, politique, etc. – et Marc Aurèle hérite ainsi d'un empire dans une très bonne situation sur tous les plans qu'il contribuera à enrichir et pacifier plus encore.

Mais, alors que ses prédécesseurs n'avaient pas eu à affronter de telles difficultés, le règne de Marc Aurèle est marqué par la famine et surtout par l'épidémie de peste antonine. Cette maladie, qui n'a de peste que son nom latin, s'est répandue depuis l'Orient en raison des forts mouvements de troupes induits par les conflits qui se sont déclarés à l'époque. Elle se serait déclarée à l'occasion d'une expédition menée par Cassius (130-175), l'un des généraux de l'armée, les soldats l'ayant ramenée avec eux sur le chemin du retour. Elle s'est répandue jusqu'en Égypte, à Éphèse, et dans le nord de l'Italie vers 168-169, contraignant les deux coempereurs à rentrer à Rome. Cette peste circulait toujours quand Marc Aurèle est mort, potentiellement de la maladie, et serait même revenue à Rome sous le règne de Commode.

À peine Marc Aurèle est-il fait empereur que Vologèse IV, Grand-Roi des Parthes, peuple de la Perse antique, cherche à conquérir le royaume d'Arménie, allié de Rome. C'est le début d'une guerre qui dure cinq ans, période d'autant plus compliquée qu'il faut en même temps mobiliser des soldats sur les frontières septentrionales de l'empire pour contrer des menaces des peuples germaniques. Cette guerre-là se finit alors qu'une autre commence contre les Marcomans, peuple occidental, et de fil en aiguille l'empereur va passer une grande partie de son règne à gérer des conflits militaires. Il va même subir la trahison de son propre général, Cassius, qui tente d'usurper son titre, mais est assassiné peu après. La mort de Marc Aurèle marque la fin d'une époque, Commode étant un empereur cruel et sanguinaire en nette rupture avec la personnalité de son père.

Lorsqu'il écrit *Pensées pour moi-même*, Marc Aurèle est donc affecté par de nombreuses difficultés : militaires, puisqu'il est alors sur le front du nord, sanitaires, la peste se répandant toujours, et privées – Lucius Verus meurt en 169 d'une apoplexie, sa femme Faustine la Jeune en 175, et plusieurs de ses enfants sont morts en bas âge. Il apparait néanmoins que son éducation stoïcienne l'aide à affronter ces évènements avec courage et résignation, et que ces traits influencent fortement son œuvre où l'on retrouve de nombreux témoignages éclairant sa capacité à surmonter ses peines.

LA LITTÉRATURE DU IIE SIÈCLE

Le IIe siècle a vu l'activité de plusieurs auteurs antiques dont les noms sont encore bien connus aujourd'hui :

- Plutarque (46-125), illustre auteur et philosophe de la Grèce antique et devenu citoyen romain sur le tard. Actif à la fois dans les domaines scientifique, politique et littéraire, il est en particulier connu pour les *Vies parallèles* (entre 100 et 120 apr. J.-C.), où il dresse les biographies des hommes illustres d'alors, en associant à chaque fois un Grec et un Romain ;

- Tacite (58-120), historien et sénateur, connu pour le *Dialogue des orateurs* (107 apr. J.-C.) où les interlocuteurs dialoguent sur l'éloquence, mais surtout pour sa production historique dont les *Annales* (110 apr. J.-C.) qui couvrent la période des empereurs julio-claudiens entre 27 et 68 apr. J.-C. ;

- la parution probable du *Satyricon* en 110, l'un des premiers romans de la littérature mondiale qui raconte les mésaventures de deux jeunes gens dans une Rome décadente ;

- Suétone, né vers 70 et disparaissant après 122, dont la majeure partie de l'œuvre n'a pas survécu au temps. Néanmoins, en tant que secrétaire d'Hadrien de 113 à 122, il a eu accès aux archives impériales et a ainsi pu rédiger *Vie des douze Césars*, biographie des empereurs jusqu'à l'avènement de Nerva ;

- sans certitude absolue sur la date, ce siècle a potentiellement vu la parution d'œuvres religieuses dont un papyrus comprenant deux chapitres de l'Évangile selon Saint-Jean ;

- Longus, qui pourrait avoir vécu du temps de l'empereur Hadrien, est l'auteur du roman pastoral *Daphnis et Chloé* ;

- Tatien le Syrien (vers 120-173), contemporain de Marc Aurèle, est un écrivain chrétien resté à la postérité pour ses œuvres religieuses *Discours aux Grecs* (un traité de démonologie) et *Diatessaron* (une harmonie des Évangiles).

Le siècle de Marc Aurèle n'est donc pas caractérisé par un thème unique, même si la politique et l'Histoire se retrouvent régulièrement dans les œuvres. Les *Pensées pour moi-même* ne sont d'ailleurs pas une œuvre littéraire au départ : il s'agit de pensées intimes, qui ne devaient pas être rendues publiques et étaient même censées être détruites à la mort de l'empereur. Marc Aurèle les rédige à la fois pour s'influencer lui-même et pour entretenir sa mémoire et se rappeler les principes fondateurs de son éthique.

Le contexte d'écriture des *Pensées* est également étroitement lié à la philosophie de son temps. Marc Aurèle est en effet très influencé par le stoïcisme, courant philosophique fondé au début du IIIe siècle av. J.-C., qui postule que l'éthique personnelle de l'individu est influencée par sa logique et ses observations de la nature – ici à entendre dans un sens très large. Épictète, maitre à penser de l'empereur, lui laisse cet héritage de l'imperméabilité au malheur. L'empereur ne nie pas ces malheurs, mais souligne régulièrement qu'il appartient à l'homme de pouvoir y résister en les mettant à distance raisonnable de sa pensée.

CLÉS DE LECTURE

LES FRAGMENTS

Les *Pensées pour moi-même* se présentent sous la forme de centaines de fragments de pensée, pouvant s'apparenter à des aphorismes ou de simples réflexions plus longues, répartis en douze livres selon une progression thématique.

> **Le saviez-vous ?**
>
> Un aphorisme peut être défini comme une « proposition résumant à l'aide de mots peu nombreux, mais significatifs et faciles à mémoriser, l'essentiel d'une théorie, d'une doctrine, d'une question scientifique (en particulier médicale, politique, etc.) » (« aphorisme », *Trésor de la langue française informatisé*). Le terme vient du latin « aphorismus », lui-même dérivé du grec « ἀφορίζειν » signifiant définition ou délimitation. Il se distingue de la maxime ou du dicton dans le sens où il prétend énoncer une vérité plus spirituelle que morale. On retrouve des aphorismes chez des auteurs tels que Jean de La Bruyère (moraliste français, 1645-1696) ou La Rochefoucauld (écrivain français, 1613-1680).

Le fragment, en tant que forme littéraire en prose se caractérisant par une grande brièveté, est abondamment pratiqué, et ce depuis des siècles. Il se retrouve dans toutes les langues et dans des buts multiples, n'étant rattaché à aucun genre en particulier, bien que l'on ait décelé des traces de fragments historiques sur des documents très anciens. Les fragments passés à la postérité se présentent principalement sous la forme de recueils écrits par des auteurs d'horizons très divers, par exemple Blaise Pascal (homme de lettres et de sciences français, 1623-1662) et ses *Pensées* (publiées à titre posthume en 1669), Franz Kafka (écrivain austro-hongrois, 1883-1924) avec *Les aphorismes de Zürau* (1931) ou Roland Barthes (philosophe, critique littéraire et sémiologue français, 1915-1980) et les *Fragments d'un discours amoureux* (1977). Il existe cependant des fragments qui constituent des œuvres à part entière, le plus court étant la micro-nouvelle *L'Émigrant* (2005) de Luis Felipe Lomelí (écrivain mexicain, né en 1975) qui tient en deux très courtes phrases.

Les *Pensées pour moi-même* sont un texte non continu, dont on peut aisément isoler tel ou tel fragment et constater qu'il se suffit à lui-même. Tous n'ont pourtant pas une utilité dans le sens où ils apportent quelque chose au texte, où ils apprennent quelque chose au lecteur. Citons par exemple le fragment 56 du sixième livre : « Combien de ceux avec qui je suis entré dans le monde en sont déjà partis ! » (p. 98). Cette phrase n'est pas destinée à apporter quoi que ce soit, il s'agit simplement d'une réflexion de Marc Aurèle à lui-même sur tous les proches (parents, frère, épouse, enfants, etc.) qu'il a perdus au fil des ans. Si l'on observe les fragments précédents et suivants, on note cependant une progression thématique liée à l'autre et à l'irritation et la douleur que l'on peut éprouver à son contact. Ce fragment n'est donc pas tant une réflexion couchée sur papier au hasard qu'une expression de la peine qu'ont pu susciter ces pertes chez l'empereur, douleur que sa philosophie stoïcienne doit pourtant lui permettre de mettre à distance par la vertu.

À ce titre, les seuls fragments qui s'enchainent selon une véritable succession sont ceux du livre I, où Marc Aurèle fait l'inventaire des qualités, défauts et comportements qu'il a hérités de nombreuses personnes ainsi que des Dieux. Chaque fragment se réfère à une personne en particulier et certains traits se répètent parfois de l'un à l'autre, il y a par conséquent une véritable unité apparente dans ce livre. Les onze autres livres ne font nécessairement pas exception parce qu'il n'y a pas de lien évident entre les fragments : il y en a bel et bien un, qui est juste plus obscur à première vue. Le livre VII se penche ainsi plus particuliè-rement sur les thèmes de la nature, l'attitude à adopter face aux évènements et envers les autres hommes.

LA CONSERVATION ET L'ORGANISATION DES *PENSÉES*[1]

Comme les *Pensées* n'étaient pas destinées à la publica-tion, la question se pose de savoir comment elles ont été collectées, conservées puis éditées. Il semblerait premiè-rement que tous les écrits de Marc Aurèle, de ses écrits jusqu'à ses discours, aient été soigneusement rassemblés après sa mort. Si beaucoup sont tombés dans le domaine

---

1. Voir à ce sujet LOISEL, 1927 : pp. 18-27.

public par la suite, les *Pensées* ont d'abord connu un destin plus obscur puisqu'il n'en existe aucune mention durant deux siècles, jusqu'à une brève mention dans une lettre au IVe siècle. Ce n'est qu'une vague allusion et il faudra attendre plusieurs siècles pour trouver des traces de l'œuvre de façon beaucoup plus concrète. Le texte est passé entre les mains du clergé chrétien puis des grammairiens, comme en atteste une lexicographie de la fin du Xe siècle. Fait intéressant, cette source indique déjà la subdivision de l'ouvrage en douze livres qui est toujours d'application aujourd'hui.

Les *Pensées* se trouvent également de façon disparate dans une série d'ouvrages ou dans des cours. Leur caractère fragmentaire les rendant particulièrement faciles à réinterpréter, elles sont plagiées et exploitées selon les observations de ceux qui se les approprient. Beaucoup des écrits de l'époque à ce sujet sont toutefois perdus. Il s'est passé plus d'un millénaire entre l'écriture des *Pensées pour moi-même* et l'assemblage des deux principaux manuscrits du Moyen Âge, aussi ce que nous connaissons aujourd'hui est-il un regroupement des textes détériorés par le temps et recopiés les uns à la suite des autres : ce sont les codex *Vaticanus* et *Palatinus*.

- Le *Vaticanus* tient son nom du lieu où il est conservé dans un fonds grec de 1950, la bibliothèque du Vatican. Ce manuscrit daterait de la fin du XIIIe ou du début du XIVe siècle et n'est pas une copie directe des *Pensées*. Il est constitué par regroupement des petits textes cités précédemment, contient des notes et des indications qui s'expliquent difficilement par l'époque de la rédaction et semble avoir été rédigé sans la séparation en douze livres, avec des coupures arbitraires entre les différentes parties.

- Le codex *Palatinus* a été découvert à Heidelberg, dans la bibliothèque de l'Électeur Palatin – prince-électeur du Palatinat du Rhin, un État du Saint-Empire romain dont Heidelberg était la capitale. Il est aujourd'hui définitivement perdu, mais son texte a pu être conservé grâce à Guilielmus Xylander (humaniste et philologue allemand, 1532-1576), qui a traduit, copié et fait imprimer les *Pensées* à Zurich en 1559. Il comporte des fragments originaux par rapport au *Vaticanus* et est bien divisé en douze livres, quoique cette délimitation ne correspond pas tout à fait à l'actuelle. Le *Palatinus* se caractérise en outre par un enchainement des fragments parfois peu naturel, au point que les éditeurs suivant Xylander ont cru bon de repréciser la division des livres et réordonner les fragments pour rendre leur organisation plus logique.

Ce sont ensuite des femmes qui ont permis la circulation des *Pensées pour moi-même* en langue vulgaire. Antoynette Peronnet, veuve d'un libraire, publie en 1570 la première traduction française arrangée à partir du travail d'un avocat décédé. Au XVIIe siècle, sous l'impulsion de la reine Christine de Suède (1626-1689), une nouvelle traduction dans cette langue voit le jour. Quelques dizaines d'années plus tard, c'est Anne Dacier (philologue et traductrice française, 1645-1720) et son époux qui proposent une nouvelle édition des *Pensées*. Les ecclésiastiques et les hellénistes s'emparent du sujet à leur tour à la même époque et participent largement à la traduction de l'œuvre dans bien des pays en dehors de la France. En tout, il y eut plusieurs dizaines de traductions ne serait-ce qu'en France, autant d'essais pour organiser les fragments, leur faire suivre une progression thématique et faire comprendre plus aisément la doctrine de Marc Aurèle.

L'ouvrage à partir duquel est réalisée la présente analyse est, quant à lui, issu de la traduction faite en 1951 par Mario Meunier (helléniste français, 1880-1960). Comprenant parfaitement le latin et le grec ancien, il a pu proposer dès les années 1920 des traductions dans une langue moderne et accessible à tous. Son emprisonnement durant la Première Guerre mondiale met un terme provisoire à ses activités, mais dès son retour, il s'attache à la traduction des œuvres de très nombreux auteurs de l'Antiquité en plus d'activités dans des groupes scientifiques et artistiques. Pour traduire les *Pensées pour moi-même*, Mario Meunier a consulté les traductions de son siècle et s'est basé sur deux textes grecs, l'un de 1840 et l'autre de 1925, en amendant le texte dans les endroits qu'il jugeait douteux.

Il l'assortit également du *Manuel* d'Épictète, compilé et publié par le disciple de ce dernier, Arrien (vers 85-146 apr. J.-C.), alors que Marc Aurèle est à peine né. Il s'agit d'une retranscription des cours oraux du maitre, dont une partie des propos sont donc perdus, mais qui a été transmise de main en main pendant le Moyen Âge notamment par les chrétiens qui y voient des analogies avec leur visée. Il est clair que Marc Aurèle en a pris connaissance au cours de sa vie via son conseiller Junius Rusticus (100-170 apr. J.-C.), puisqu'il l'évoque parmi les bienfaits qu'il tient de cet homme dans le septième fragment du premier livre. Épictète étant l'un des plus grands philosophes du stoïcisme tardif, sa pensée a immanquablement influencé l'empereur qui est marqué par cette philosophie de façon générale dès sa tendre enfance.

LE STOÏCISME TARDIF OU « STOÏCISME IMPÉRIAL »

Le stoïcisme est une école philosophique fondée dès le IIIe siècle av. J.-C. par Zénon de Kition (philosophe grec, né probablement autour de 334 av. J.-C., mort en 262 av. J.-C.). Il tient son nom du terme grec « Stoa », qui désigne un portique situé à Athènes où Zénon dispensait son enseignement. C'est une philosophie basée pour l'essentiel sur l'éthique personnelle, c'est-à-dire que la vertu prévaut chez l'être humain et que les éléments extérieurs comme des évènements, des personnes, des tentations n'existent qu'en tant qu'éléments contre lesquels la vertu agit comme un paravent. Elle dénote une apparente indifférence au monde : l'homme ne doit pas se laisser influencer par le plaisir ou la douleur, mettre à l'écart les émotions négatives, agir selon ce que la nature a ordonné et se comporter avec les autres sans les juger. On en retient aussi aujourd'hui l'adjectif « stoïque », qui fait référence à une impassibilité devant quelque chose qui devrait à priori émouvoir.

Zénon conçoit sa philosophie comme une conciliation entre plusieurs théories philosophiques, naturelles et morales. Pour lui, le seul bien est la vertu et l'homme doit se comporter de façon convenable afin d'espérer s'en rapprocher autant que possible. En dehors de quelques traits comme la joie, le sage doit bannir toute forme de passion pour la tranquillité de l'âme. Tout vice, toute entorse à la morale est donc une atteinte grave contre la vertu et la raison, mais le sage, lui, est libre de ces considérations. La doctrine de Zénon s'étend sur bien des domaines, de l'éthique à la physique et la cosmologie en passant par la logique, et il eut de nombreux disciples. Lui succédèrent Cléanthe d'Assos (vers 330-232 av. J.-C.) puis Chrysippe de Soles (vers 281-208 av. J.-C.), qui pose les bases quasi définitives du stoïcisme, qui arrive à Rome au IIe siècle av. J.-C par l'intermédiaire de Panétios de Rhodes (vers 185-110 av. J.-C.) et son disciple.

C'est de ce dernier que vient la conception du stoïcisme ayant eu le plus de succès chez les Romains. En désaccord avec ses prédécesseurs grecs sur plusieurs points, Panétios choisit de se concentrer sur la philosophie morale, les sciences naturelles et la place de l'individu dans la civilisation. Il lui devient possible d'être stoïcien dans n'importe quelle situation – variété que l'on retrouve chez Marc Aurèle – et important de considérer le devoir qui le lie aux autres individus. Le stoïcisme dit tardif en découle bien sûr indirectement, et c'est en fait de lui que proviennent les seules œuvres stoïciennes complètes connues à ce jour : celles de Sénèque (philosophe et dramaturge romain, vers 4 av. J.-C- ou 1 apr. J.-C.-65), d'Épictète et de Marc Aurèle. On y décèle une forte opposition entre stoïcisme et christianisme, la religion qui dominera par la suite. Le principal fait ayant entaché le règne de l'empereur fut d'ailleurs les persécutions qu'il dirigea contre les chrétiens.

Les *Pensées pour moi-même* dénotent un lien fort avec l'éthique et la physique stoïcienne – pour ce qui est des thématiques de la causalité et de la nature. Pour leur auteur, tout ce qui arrive advient par la nature et ne peut être empêché, y compris la mort. Là où l'individu stoïcien peut agir, c'est dans la représentation qu'il a de ces évènements en mettant en œuvre la raison, en opposition aux émotions et passions mauvaises. Chacun agit selon sa propre nature : celle du sage est de vivre en suivant la nature, selon son devoir, en faisant de ses passions sa raison. Il réfléchit, reconstruit le réel qu'il perçoit et élabore ainsi sa pensée. Si Marc Aurèle est l'un des derniers représentants du stoïcisme au sens strict et antique, sa philosophie conserve un caractère générique et universel qui lui permet de subsister dans le temps. Elle se perpétue chez les chrétiens, qui l'adaptent à leur doctrine, au Moyen Âge et jusqu'à nos jours dans des théories cognitives et, plus simplement, dans une philosophie du quotidien.

PISTES DE RÉFLEXION

QUELQUES QUESTIONS
POUR APPROFONDIR SA RÉFLEXION...

- Le titre d'origine du recueil est *Ta eis heauton*, soit « Pour soi-même ». Que dit ce titre quant à la démarche d'écriture de Marc Aurèle ?

- Pourquoi peut-on affirmer que la philosophie développée dans *Pensées pour moi-même* trouve encore un large écho aujourd'hui ?

- La structure en fragments peut sous-entendre une absence d'unité du recueil. En quoi le travail des éditeurs à travers le temps a-t-il permis de reconstituer cette unité ?

- Dans le même ordre d'idées, Marc Aurèle exprime l'idée que l'homme fait partie d'un Tout au même titre que les autres hommes. Qu'est-ce que cela implique quant à ses interactions ?

- L'empereur écrit les *Pensées* à une époque de grands troubles tant personnels que politiques. Ses écrits semblent cependant refléter une grande aspiration à la sérénité. Comment cette contradiction éclaire-t-elle sa philosophie ?

- Commentez le fragment 22 du livre VI : « Pour moi, je fais ce qui est mon devoir. Les autres choses ne me tracassent point, car ce sont, ou des objets inanimés, ou des êtres dépourvus de raison, ou des gens égarés et ne sachant pas leur chemin » (p. 90).

- Marc Aurèle fut fort influencé par la philosophie d'Épictète, l'un de ses prédécesseurs et grand nom du stoïcisme tardif. Qu'en retient-il qui se ressent particulièrement dans sa réflexion ?

- Pour un stoïcien, l'homme doit-il penser et agir comme s'il n'existait aucun évènement susceptible de le troubler ? Ou est-ce plus compliqué que cela ?

- L'ordre de la nature est un autre élément important du stoïcisme, qui a une incidence directe sur l'être et les actions de l'homme. Qu'est-ce qui explique que la raison soit le grand principe directeur qui lui permette de faire sa part de la nature ?

POUR ALLER PLUS LOIN

ÉDITION DE RÉFÉRENCE

- Marc Aurèle, *Pensées pour moi-même*, traduit du grec ancien par Mario Meunier, Paris, Flammarion, GF, 1992.

ÉTUDES DE RÉFÉRENCE

- Bourquin J., « Qu'est-ce que c'est, la philosophie du stoïcisme ? » (2019), in *France Inter*, consulté le 5 octobre 2021. URL : https://www.franceinter.fr/bien-etre/qu-est-ce-que-c-est-la-philosophie-du-stoicisme

- Loisel G., « L'ouvrage de Marc-Aurèle de la mort de l'empereur à nos jours », *Bulletin de l'association Guillaume Budé*, 15, pp. 18-27, 1927.

- Saunders J.L., « Stoicism » (1999), in *Britannica*, consulté le 5 octobre 2021. URL : https://www.britannica.com/topic/Stoicism

SOURCES COMPLÉMENTAIRES

- De La Bruyère J., *Les Caractères ou les Mœurs de ce siècle*, Paris, Le Livre de Poche, 1976.

- Pascal B., *Pensées*, Paris, Flammarion, GF, 2015.

lePetitLittéraire.fr

- un résumé complet de l'intrigue ;
- une étude des personnages principaux ;
- une analyse des thématiques principales ;
- une dizaine de pistes de réflexion.

Retrouvez
notre offre complète sur
lePetitLittéraire.fr

L'éditeur veille à la fiabilité des informations publiées,
lesquelles ne pourraient toutefois engager sa responsabilité.

www.lepetitlitteraire.fr

ISBN version numérique : 9782808023757
ISBN version papier : 9782808023764
Dépôt légal : D/2021/12603/27

Conception numérique : Primento,
le partenaire numérique des éditeurs.